Ulrich Schaffer

Lichtlinien

Ulrich Schaffer

Lichtlinien

Neue Gedichte

Edition Schaffer im Kreuz Verlag

Lichtlinien

Ein neuer Band mit Gedichten. Viele von ihnen stammen aus der äußeren Umgebung, in der ich jetzt wohne. Wir sind im April 1998 direkt ans Meer gezogen und haben uns damit einen Wunsch erfüllt, den wir schon lange hegten. Hier wohnen wir nun unter einem großen Himmel und mit Lichtspielen auf dem Wasser. Manchmal gibt es nur schmale Spalten in den Wolken, durch die das Licht fällt, und dadurch entstehen Lichtlinien auf dem Wasser – oft so sauber gezeichnet, als wären sie mit dem Lineal gezogen. Unser Haus ist nach Süden ausgerichtet, und an klaren Tagen scheint die Sonne fast den ganzen Tag auf uns herab. Wenn der Himmel einmal tagelang verhangen ist, haben wir Sehnsucht nach Lichtlinien. Wir hoffen dann, dass sie sich bald wieder zeigen.

Unser inneres Leben ist ebenso durchzogen von Lichtlinien. Ich übe mich darin, sie zu entdecken und zu verstärken. Eine Entscheidung kann mein Leben erhellen, ebenso eine Einsicht, ein Schritt in die Freiheit, ein Erlebnis, ein Wort, eine Begegnung, ein Wagnis, eine Landschaft, ein Mensch, eine Frage, eine Antwort. Ob wir diese Lichtlinien wahrnehmen, hängt stark davon ab, ob wir uns auf sie eingestellt haben, ob wir sie erhoffen, ob wir mit Licht rechnen – oder ob wir uns mit der Dunkelheit abgefunden und daraus eine Weltanschauung gemacht haben. Es ist eine Entscheidung, im Licht zu leben.

ulrich schaffer *Gibsons, im Februar 1999*

sammelt sich das Licht
zu kleinen Lichtpfützen,
auf denen es möglich ist,
zu segeln,
in das alltägliche Leben hinein,
oder aus ihm fort
in die Welten,
die es noch
zu entdecken gibt.

Wenn wir genau hinsehen,
gehen Lichtlinien
durch die Finsternisse
und das Schweigen
unseres Lebens,
und gelegentlich
sammelt sich das Licht
zu kleinen Lichtpfützen,
auf denen es möglich ist,
zu segeln,
in das alltägliche Leben hinein,
oder aus ihm fort
in die Welten,
die es noch
zu entdecken gibt.

Mit einer draufgängerischen Seele

Auf und davon

Mit ausgebreiteten Armen
bilde ich ein Kreuz.
Mein Kopf zeigt in den Himmel,
meine Füße in den Abgrund,
mein rechter Arm nach Hause,
mein linker Arm in die Verlorenheit.
Ich verbinde alle vier Punkte zu einem Kreis,
und schon dreht sich das Rad,
auf das ich gespannt bin
und mit dem ich spiele,
in der Vollkommenheit
meines Schmerzes und meines Glückes.
Die vier Himmelsrichtungen gehören mir.
In ihnen entfalte ich mich,
von meinen Wurzeln bis zu meiner Krone.

In diesen Gedanken wohne ich
wie in einer glücklichen Hütte.
Irgendwann
– du wirst es schon merken –
verwandle ich die Kreuzarme in Flügel
und bin auf und davon.

Goldene Garben

Du suchst in deinen Gedanken
nach nur einem Menschen
– so bescheiden bist du geworden –,
der dich lieben könnte,
triffst aber nur auf abgewandte Gesichter,
versteckte Hände, gelangweilte Sprache.
Es gibt kein Klingen, kein Echo,
kein Spiel mehr auf der ganzen Welt.

Als wärest du auf einem Pfad,
der plötzlich aufhört,
gehen deine Gedanken einen Moment lang
zu jemandem, den du lieben könntest
– da lässt der Wind nach,
die schwarze Falte in deiner Seele wird geglättet,
eine warme Hand fährt dir über die Wange.
Du hörst das alte Lied
und merkst, dass du es singst.
Es reicht hinüber zu dem Verlorenen
und wieder zurück zu dir.

So gräbst du dich um,
wirst urbar und kannst leben.
Eine Ernte goldener Garben,
tief in den Furchen deines Herzens.

Sinn herstellen

Bewache sie gut,
die Entschiedenheit,
mit der du dein Leben sortierst.
Sie ist wie ein Gebet, sie ist ein Gebet.
Nichts treibt unser Leben mehr an
als die Energie, die wir einsetzen,
um Sinn herzustellen.
Sie ist in deinem fragenden Blick,
in der ausgestreckten Hand, in der Faust,
in den Gedanken, die dem Tag Bedeutung geben,
in dem von Zweifel erfüllten Gespräch,
und in dem Gebet mit deinem ganzen Wesen,
das über alle Worte hinausgeht.

Wenn du nicht jede Faser deines Wesens
über diese Suche informierst,
stirbst du.

Deine Wahrheit

Du willst wissen, was wahr ist.
Es verhält sich damit so still
wie der am Waldrand schnürende Fuchs,
wie der ausgerollte Himmel,
unter dem du wie eine Birke stehst,
wie der Findling im Feld,
der seit der Eiszeit da liegt,
aber du weißt es längst.
Was dir fehlt, ist der unheimliche Mut,
diese Wahrheit aufzunehmen,
weil sie nur deine ist
und niemand sie bestätigen kann.
Das ist die Einsamkeit des Weges.

Der späte Himmel
hat einen kleinen goldenen Riss,
in dem die Abendsonne
sich noch einmal ganz kurz zeigt.
Durch diesen Riss kannst du dich davonmachen,
oder es kann die Welt, die du suchst,
durch ihn auf dich herabfließen.

Nadel und Zwirn

Es wird so sein,
wie du es eingefädelt hast.
Du hoffst, dass eine Überraschung
deine stille Welt verwandeln wird,
aber es kommt selten so.

Setz dich ins Licht
und lass dir Zeit –
nimm Nadel und Zwirn
und fädele ein,
was du willst.

Die goldene Wunde

Du trägst
eine goldene Wunde in deiner Brust,
und wehrst dich gegen sie,
als stammte sie nicht von dir
und als könntest du nichts von ihr lernen.

An ihren flammenden Rändern
erneuert sich dein Leben,
aber du hörst nur das Pochen
des Schmerzes und merkst nicht,
dass er deinen Namen sendet.

Golden ist das Loch in dir,
das bis zum Herzen geht und nicht rostet.
Heimlich wirst du weise,
du glühst und glühst,
ohne zu verglühen.

Unkraut

In meinem Garten
habe ich zwei Beete angelegt.
In das eine habe ich das Nützliche gesät.
Später werde ich es ernten
und auf den Tisch bringen.
Ich werde den Salat, die Radieschen,
die Tomaten und die Zwiebeln loben.
Das andere Beet habe ich leer gelassen.
So wollte ich dem Unkraut einen Platz anbieten.
In diesem Beet darf es ungestört wachsen,
dachte ich.

Im späten Frühjahr, als ich wegsah,
wuchsen die beiden Beete zusammen,
über die Grenzen hinweg,
die ich vorsichtig angeordnet hatte.
Im Sommer wusste ich nicht,
wie ich das eine vom andern trennen sollte.
Da aß ich einfach, ließ es mir schmecken,
und wurde gesund.

Auch in uns bebt die Erde

Hier bin ich,
ich habe gewählt, hier zu sein.
Hinter mir liegt ein Weg,
vielleicht liegt einer vor mir.
Im Moment steht die Zeit still.
Ich beginne langsamer zu atmen,
ich höre das helle Summen der Ewigkeit,
ich erinnere mich an den, der ich sein wollte.
Ich will nicht verschleppen, was vorbei ist,
und nicht vorwegnehmen, was noch kommt.

Hundertfünfzig Kilometer von hier entfernt
schiebt sich eine kontinentale Platte
unter die andere. Das Erdbeben
wird kommen – in hundert Jahren, oder
bevor du diese Zeilen zu Ende gelesen hast.
Die Geologie lehrt uns,
was wir nur schwer begreifen:
zu haben, als hätten wir nicht,
zu wissen, als wüssten wir nicht.
Es ist gut, am Rand zu leben,
schon der gedachte Tod
macht uns aufmerksam.

Mit einer draufgängerischen Seele

Wenn wir
die Tür nach einem vergangenen Tag,
nach einem dunklen Monat
und einem unverständlichen Jahr
zufallen lassen könnten,
ohne Verkrampfung und ohne Verzweiflung,
wenn wir
von uns selbst nicht mehr erwarten würden,
alles endgültig und richtig und bestens zu bewältigen,
sondern in unseren Fehlern unser Menschsein bejahten,
wenn wir die Schönheit der Umwege
und den tiefen Sinn des Verlorengehens
mit unserem Wesen begreifen könnten,
wenn wir jedes Ende als einen Anfang verstehen könnten
und nicht als einen Weltuntergang,

wir wären Pfeile,
die schon im Flug ihr Ziel in sich spüren,
wir wären Blumen, sie sich von ihrer Entfaltung
nicht abhalten lassen würden,
wir würden leben, nicht nur in Raten
(als bezahlten wir eine geheime Schuld),
nicht nur verhalten und scheu,
sondern mit aufgekrempelten Ärmeln,
mit einer draufgängerischen Seele
und einem offenen Geist,
und der nächste Tag und das nächste Jahr
wären weniger eine Probe
als eine Feier des ungeahnten, unglaublichen
und einzigartigen Lebens.

Gedankengefahr

Wir leben in einem Gedanken,
aus dem wir uns hinausdenken,
um wieder in einen anderen Gedanken zu schlüpfen.
In dieser Bewegung liegt unser Glück.
Die Bewegung ist unser Haus,
ist unser Besteck, unsere Nahrung,
ist unsere Flöte, auf der wir üben,
ist Mantel und Schal, unser Gebet,
ist der Abgrund, über den wir uns wagen.
Und manchmal bleiben wir in der Bewegung stecken,
lieben einen Gedanken mehr als alle anderen,
hängen ihm nach, verwöhnen ihn,
lassen uns von ihm verwöhnen,
und
werden
unbeweglich.
Und bevor wir es merken
– vielleicht merken wir es nie –,
denkt der Gedanke uns.

Wie herbstlich

Wie herbstlich die Stimmen lachen.
Schon winkt die weiße Hand des Winters.
Wir üben und üben immer wieder,
uns gegen die Kälte zu wehren,
mit doppelten Handschuhen,
mit wollener Unterwäsche
und gefütterten Stiefeln,
mit Schal und Mütze.
Wir wollen nicht einfrieren
auf dem Weg in die Liebe.
Aber vielleicht breitet der Winter
sich längst in uns aus,
in dem aufgeschobenen Wort
und dem nicht angeregten Mut,
in der vertagten Sanftheit
und dem aufgehobenen Vertrauen –
da setzt das hauchdünne Eis an.
Wir gefrieren von innen nach außen,
wenn wir nicht achtsam sind.

Ein anderer Mut
für Christoph Müller-Nieland

Da bist du mit deinen zwei Gesichtern,
lachend und weinend,
und dann bist du schon wieder weg.
Da ist die Taube auf dem Marktplatz
zwischen den länger werdenden Schatten,
einer davon wird ihre Federn umfangen
und ihr die sanften Farben nehmen.
Da ist das sinkende Schiff,
weiß in dem blauen Fjord,
dessen Gletscher jedes Jahr
ein Herzbreit vorrückt.

So verschwinden die Dinge,
so verschwindet die Zeit,
die ich meinte zu haben.
Unter meinen Nägeln brennt Feuer.
Vom Himmel fällt Dunkelheit.

In allem und trotz allem
ist da das Flüstern des Herzens,
das nach Wahrheit sucht
und dabei immer sich selbst findet.
Vielleicht liegt darin mehr Wahrheit,
als wir zu glauben wagen.

Der innere Gott

1
Ich bitte dich nicht,
die Dinge zu tun,
die ich selbst tun kann.
Und darum bitte ich nicht,
weil mein Wunsch nach Licht
schon Licht ist.
Ich erleuchte meinen eigenen Weg.
Dies ist nicht gegen dich gemeint,
weil am Ende alles Licht von dir kommt,
den ich sanft wiege und liebe,
den ganzen Tag lang.

2
Ich kriege keine Handbreit
zwischen dich und mich.
Wenn du auf mir liegst
und deine Flügel über mich breitest,
heftest du mich dort fest,
wo ich dich festhefte.
Die Spitzen unserer Flügel berühren sich,
und wir bewegen uns im Einklang,
um die Heilheit wiederherzustellen.
Dein Atem bläst meine Lunge auf
wie mein Atem deine.
Kein Sommer ist lang genug
für unsere Liebe.

3
Ich vergebe dir
für die Dinge, die ich nicht verstehe,
und spüre deine Vergebung für das,
was ich nicht verstehe.
Haben wir nicht schon lange
jenseits der Vergebung gelebt?
Mein Unglaube an deine Allmacht
hält mich davon ab, dich zu beschuldigen.
An guten Tagen erinnere ich mich,
dass ich die Schlüssel besitze
zu den Kammern in mir,
die du bewohnst.

4
Es macht mich glücklich,
dir gegenüber still zu sein.
Es ist das tiefste Loben und Flehen,
zu dem ich fähig bin.
Ich werde nicht versuchen,
dich mit Worten davon zu überzeugen,
dass du in mir lebendig bist,
so wie ich auch nicht überzeugt werden muss
von der Energie in meinen Knochen und Sehnen.
Ich bin gespannt straff mit dir,
so wie du gespannt straff mit mir bist.

Ich hege eine Abneigung
gegen die Eleganz des Dogmas,
in dem du gefangen wirst
wie ein Insekt im Bernstein.

5
Ich danke dir, dass du mich gerettet hast,
damit ich dich retten kann.
Ich öffne meine Augen weit,
damit du alles siehst, wie ich es sehe –
den blühenden Ginster im Frühling,
den schweren Unfall auf der Straße,
die Größe des Meeres,
ja, diese unglaubliche Weite,
in der ich ruhe, und die mich unruhig macht.
Ich bin deine wandernden Augen,
und du bist das Kaleidoskop,
in das ich meine Bilder stürze.

6
Du bewohnst meine Fragen nach Sinn
und haust in den Wagnissen meines Lebens,
du steckst hinter den Bäumen und Büschen
im Garten meiner Seele.
Du bist das Zelt meiner Vergänglichkeit.
Du arbeitest dich durch meine Handlungen
mit einer Serie von Bewegungen,
die mir den Atem verschlagen.

Zu meinem Erstaunen
findest du in mir statt,
in dem Gleichgewicht und in der Unausgeglichenheit
meines Herzens,
diesem so erstaunlichen Versteck
für einen Gott.

Meine Auflösung

Es gibt Tage,
da liegt ein Zauberberg von Licht auf dem Wasser.
Ich werde angezogen, als sollte ich verführt werden,
in das Innere des Berges.
Und während der Berg wächst und mich anzieht,
ziehe ich das Licht in mich hinein,
wie Nahrung, wie Wasser, wie Mut.

Ich bettle nicht um diese Tage,
aber ich bereite mich auf den Moment vor,
wenn das Licht mich wählt,
Licht zu sein.

Ich sitze auf meinem Lieblingsfelsen,
auf einer dicken Platte grauem Granit,
und locke das Meer mit meinen Augen an –
vielleicht kommt es,
wenn ich endlich meine Sehnsucht werde.
Am Ende lege ich mich in meiner ganzen Länge
auf den Felsen und spüre die Energien,
die an mir arbeiten:
Sie hämmern mich in eine unvorhersehbare Form,
sie formen mich mit ihren wortlosen Botschaften,
die mich durchpulsen wie Wellen,
von einer Mitte ausgehend.
Ich kann diese Mitte nicht orten,
aber ihre konzentrischen Kreise
bilden ein stilles, wachsames Auge,
das meine allmähliche Auflösung wahrnimmt.

Aus-
gesetzt
in
die
Weite
der
Welt

Ausgesetzt in die Weite der Welt

Wenn meine Kindheit mich durchzieht

Ich habe einige weiße Flecken,
wo Erinnerungen sein sollten.
Immer war die Hoffnung gefährdet,
in einer Zeit, in der es keine Sicherheit gab.
Meine Mutter kochte unsere Wäsche
in einem Schuppen aus Reisig.
Ich sehe noch den Dampf aufsteigen –
er zeugte von Erschöpfung.
Mein Vater tat, was er tun konnte, für uns
und verbarg die Schwere seines Herzens.
Es gab wenige Räume, die nicht betroffen waren
von den Pflichten zu überleben.
Aber ich durfte spielen, Waldläufer sein,
den edlen Winnetou kennen, vielleicht sogar ihm gleichen,
durfte Zatopek und Schade bewundern
und von meinen unglaublichen Läufen träumen.

Meine Kindheit war nicht außergewöhnlich –
ich durchzog sie, und manchmal spüre ich,
dass sie mich durchzog, ohne mich zu berühren.
Und doch liebte ich sie und liebe sie noch.
Ich habe gelernt, nicht unberührt zu bleiben.
Die dünne Membran meiner Seele
versucht sogar den feinsten Sand einzufangen –
Erlebnisse ohne sichtbaren Körper.

So habe ich die Jahre miteinander verbunden,
ohne Schuldzuweisung und ohne ungebührliches Lob,
so habe ich mir eine Nische geschaffen,
in der ich leben konnte. Bis heute.

Zum Erschießen aufgestellt

Mit Gewehrkolben wurden wir gestoßen
und zum Erschießen aufgestellt.
Es ist leicht, das jetzt zu sagen.
Der Satz besteht aus neun Worten,
syntaktisch korrekt angeordnet.
Es ist leicht, das zu sagen, jetzt,
mit dem Abstand von fünfzig Jahren.

Wir standen nicht in einer geraden Linie,
meine Mutter, mein Bruder, meine Schwester und ich.
Meine Mutter hob mich hoch
und drückte mich an sich,
meine Geschwister standen vor ihr und mir,
dass es uns alle zugleich trifft, sagt sie mir.
Sie spricht von der Erleichterung, die sie fühlte,
dass es endlich vorbei sein sollte.
Und dann wurde der Befehl zurückgenommen,
und wir verließen unser Grab,
als wäre nichts geschehen.
Aber alles war geschehen.
Danach war jeder Fetzen Leben ein Geschenk,
das man liebte und liebte und liebte.

Es ist eine so gerade Linie von dort nach hier,
zu der zerklüfteten Küste am Pazifik
mit ihrer überfließenden Schönheit,
wo die Erde den Himmel trifft,
die Wälder zu den Gletschern wandern
und dann wieder zurück zum Meer,
wo die Bewegung durch das Herz des Lebens geht.

Ich habe nicht alles ausgegeben,
was ich damals auf der Schusslinie gewonnen habe.
Ich habe zurückgehalten,
ich habe meine Schritte bemessen,
ich habe an einem Rand gelebt,
den ich nicht sehen konnte.
Ich habe nicht gekämpft, und ich bin nicht geflohen
an dem Morgen,
ich erstarrte, Rehkitz, das ich war.
Ich war zwei Jahre alt
und wusste nicht, was ein Gewehr ausrichten kann.
Ich war den Worten meiner Mutter gehorsam,
ich kam, und die fremden Soldaten
zielten auf mich, weil sie in dem Moment
ihre eigenen Kinder weit weg vergessen hatten.

Ich erstarre immer noch.
In Steifheit trägt mein Rücken in sich,
was er damals nicht verstehen konnte.
Er glaubt immer noch,
dass es ausreicht, unbeweglich zu sein,
um zu überleben.

Wie nahe

Ich war fünfzehn, hatte unruhige Hände
und den Wunsch, mich zu beteiligen
an dem Vorwärtsstürzen des Lebens.

Es war ein heißer Sommer,
und überall entstanden durch Blitze
die Waldbrände in der Wildnis des Nordens.
Da meldete ich mich
und stellte meinen Körper in den Dienst des Waldes.

Mein Feuer kam einen Berg herunter.
Ich stand vorne an der Spritze,
das Wasser kam aus dem Tal,
bis sich die erfahrenen Arbeiter hinlegten
und trotz des Feuers
Mittagspause und Mittagsschlaf hielten
und ich mitmachte,
weil wir einen Achtzehnstundentag hatten.

Als ich aufwachte und hinter meinen Kopf fasste,
lag dort, nur Zentimeter von mir entfernt,
ein Zentnerstein, noch heiß von dem Feuer,
aus dem er gekommen war.

Sogleich ging der Kampf gegen das Feuer weiter,
und es dauerte lange, ehe mir bewusst wurde,
wie nahe der Tod neben mir eingeschlagen war.
Ich war fünfzehn und unsterblich.

Ein Wort meines Vaters

Manchmal hast du gesagt:
„Wir sind doch alle da!",
und als Kind wusste ich nicht,
was das bedeutete.
Aber heute weiß ich
– auch wenn du es selbst
vielleicht nicht wusstest
und es mehr als Witz
zu einer gewissen Beruhigung gesagt war –,
dass wir alle immer am Rand
zum Ausgesetztsein leben
und tausend Dinge tun,
um uns zu vergewissern,
dass wir nicht allein sind
und noch im Kreis derer leben,
die uns verstehen wollen.
Ist es nicht das größte aller Feste,
Hände zu berühren, die nicht zurückzucken,
und unter denen zu leben,
deren Augen sich finden lassen?

Zweiter Tag im neuen Haus

Ich bin weit gereist, um an diesen Punkt zu kommen.
Mein Blick auf das Meer umfängt zwei Fischerboote,
die zum Lachsfischen hinausfahren.
Vorhin saß ein Adler
in der Douglastanne vor meinem Fenster –
seit einem Jahr hat er den Bau des Hauses
von diesem Baum aus beobachtet.
An der Nordseite des Hauses
hat ein Specht sich an einem Balken
als Schreiner betätigt –
ich hoffe, dass er bei uns wohnen will.
Unentwegt ziehen Möwen
ganz dicht am Fenster vorbei.
Mit den kleinen Bewegungen ihres Kopfes
steuern sie.

Ich bin vor fünfundfünfzig Jahren losgegangen,
weit weg, in Pommern.
Ich habe die Dinge anders gefunden,
als man sie mir beschrieben hat –
wie sollte auch jemand meinen Weg gekannt haben.
Die Ziele lagen schon damals in mir,
die Entfernungen spielten keine Rolle.

Welches Alter werde ich erreichen,
wie viele Jahre habe ich noch in diesem Haus?
Für diesen Moment ist es unwichtig.
Ich schicke mich selbst wie Brot
auf das Wasser und werde wiederkehren.

Die Welt durchdringt mich wie ein Speer

Ich hatte mir die Welt wie ein Abenteuer vorgestellt.
Ich hatte gewagt, Bilder zu malen, wild
und voller Hingabe. Haut auf Holz, Geduld auf Eis,
Blut auf Erde, Entschiedenheit im Feuer.
Zwar ist mein Leben nicht alltäglich geworden,
aber ich bin nicht im Himalaja geklettert,
habe keinen wilden Fluss in Südamerika befahren,
mich nicht unter die Bullen in Pamplona getraut
und bin nicht zum Nordpol gegangen.

Es gibt Tage, da ist das innere Abenteuer mehr als genug.
Ich begegne den Sturzbächen meiner Gedanken,
den plötzlichen Fluten meiner Angst,
ich seile mich von steilen Bergwänden meines Mutes ab,
während mich der Felsen zurückstößt.
Ich falle in die Spalten uralter Gletscher
und arbeite mich mit Steigeisen,
Wagnis um Wagnis, wieder hinaus,
Eisaxt um Eisaxt, hacken, ziehen, hacken.
Wind pustet mich durch, nimmt mich mit,
will mich bei meiner Kopfhaut aufheben.

Die Welt durchdringt mich wie ein Speer,
ihr Überfluss treibt mein festes Fleisch auseinander,
spaltet mich wie eine reife Frucht,
entblößt meinen Kern, legt Reichtümer frei,
jenseits der gesammelten Alphabete der Welt.
Ich rede jetzt wenig von Abenteuern,
ich versuche nur durchzuhalten, während ich
den peitschenden Schwanz des Drachens reite.

Meine Stadt

Über dreißig Jahre lebe ich hier
und schwebe doch immer über dieser Stadt,
wie ein Wolkentier. Ich bin ein fliegender Kojote,
ein Nachtwort, da, wo die erleuchteten Straßen
der Dunkelheit nachgeben.

Hier übe ich, inmitten meiner Sesshaftigkeit,
dass ich keine bleibende Statt habe.
Hier wächst mein Name zu,
bricht auf, wächst wieder zu,
in dem ihm eigenen Pulsieren.

An jedem Abend ohne Nebel sehe ich die zwei Türme
der flimmernden Hängebrücke,
über die der unendliche Verkehr
aus Kafkas Urteil fließt.

Hier sehe ich die Sonne sinken,
hier sinke ich, hier steige ich auf.
Hier schleiche ich mich
zwischen den zwei Sprachen hindurch,
die mir gleich lieb und gleich fremd sind,
um die anderen beiden Sprachen
– Irdisch und Himmlisch – besser zu lernen.
Hier wachsen mir Kiemen im Herbst
und leichte, bestäubte Zitronenfalterflügel
im Frühkirschenfrühling.

Hier habe ich gewartet, mal ruhig, mal ruhelos.
Hier konnte ich der werden, der ich war. Hier bin ich.

Gang auf Burnaby Mountain
in der ersten Nacht des neuen Jahres

Es hatte den ganzen Tag geschneit
und wurde dann klar.
Der Mond erschien,
und der Schnee vermehrte sein Licht.
Auch lange nach Mitternacht
war noch ein Leuchten in der Luft,
und die Nacht zog uns vorwärts,
hinein in die Stille dieser sprachlosen Landschaft.
Fragen drohten uns nicht,
und wir hatten kein Bedürfnis nach Antworten.
Einen Moment lang
ließen wir sogar den Tod hinter uns zurück,
gerieten aus seiner Reichweite
und gelangten in ein Königreich,
dessen König unsere Verehrung nicht brauchte.
Wir stießen auf eine Sprache,
die reich war an treffenden Worten,
aber wir brauchten kaum eines davon
in diesem monderleuchteten Schnee.

Du hast die Erde gestreift

Die Gedanken, die du gedacht hast,
wird irgendwann ein anderer denken,
und wenn du könntest, würdest du rufen:
Nicht so, nicht so!
Das Fallobst wird liegen bleiben,
achtlos werden die andern an dem vorbeigehen,
was dir Glück bedeutete.
Vielleicht wird niemand das Licht wahrnehmen,
das lautlos vom Bücherbrett über das Bett
und den alten Tisch wandert.
Zeit der Ablösung, Zeit der Auflösung.

Dein Bild wird blasser werden –
wie ein Aquarell und leicht wie eine Tuschzeichnung –,
und dann wird der Moment kommen,
wo es sich von diesem Planeten lösen wird,
um einzumünden in die große Geheimzahl
von Schwingungen.
Dann wirst du nur noch ein Name sein,
und dann wird auch der verschwinden.

Du hast die Erde gestreift,
hast dich in ihr heimisch gemacht
und sie mit der ganzen Stärke deiner Sinne geliebt –
welch ein Glück, welch ein Schrecken.
Komm, trinken wir noch einen Tee
und essen wir noch ein Stück von unserer Lieblingstorte,
alles wird leichter, alles wird reiner,
schon jetzt.

Diese alte, immer neue Regung

Diese alte, immer neue Regung

Du sollst frei bleiben

Ich kann dich
in mir nicht so festhalten,
wie ich dich erlebt habe.
Löchrig wird, was einmal Sinn hatte,
weil Vergesslichkeit in die Bilder eingearbeitet ist.
So bleibst du frei,
trotz meiner Liebe.

Verstehe,
ich will dich auch nicht so festhalten,
als müssten wir zusammen untergehen.
Ich ziehe es vor,
dich aufgehen zu sehen,
Venus am Abend,
ich die Erde
unter dir.

Willst du dich mit mir verbünden

Willst du dich mit mir verbünden,
dann nimm nicht den Spruch auf,
den ich sage.
Höre die Leere zwischen den Sternen
und erinnere dich an die Heiligkeit
deiner Sehnsucht.
Frage mich nicht nach meinem Namen,
lass alles namenlos.
Mache eine Liste aller Namen Gottes
und streiche am Ende alle durch.
Sprich von der Liebe wie von einem Adler,
wie von einem Berg, wie von einem Fluss,
der an den zwei Bäumen im Paradies vorbeifließt.

Wenn du dir, nicht mir, nachgehst,
in der Kutte des Fremden,
kreuzen sich unsere Wege erst,
laufen dann nebeneinander her,
und plötzlich trägst du meine Kleider
und hörst auf meinen Namen
wie ich auf deinen.

Noch mal die Liebe

Liebe ist nicht
das Einsammeln von Gedanken,
nicht das Stammeln der Alphabete der Lust.
Sie ist nicht herzförmig, nicht rot,
nicht ein Rosengarten.
Sie ist nicht in Worten zu halten,
auch nicht in den strengen Beschreibungen
des Verzichts.

Die Liebe zeigt sich darin,
wie du einen Apfel schälst und aufteilst,
wie du die Namen der Freunde emporhebst,
wie du dem Licht auf dem Wasser folgst
und einen Kiesel am Strand wählst.
Die Liebe springt in deinen Augen herum,
oder sie tut es nicht. Es kann so einfach sein.
Sie beginnt in deinen inneren Zellen
und wächst nach außen
an die Oberfläche deiner Haut,
so dass alle sie sehen
und alle sie fürchten können.

Das Feld

Ein Mann und eine Frau
haben ein halbes Leben damit zugebracht,
ein Feld zu bestellen,
das sich zwischen ihnen erstreckt,
wie ein Gedanke, den sie nicht fertigstellen können.
Sie haben sich abgewechselt beim Pflügen,
beim Düngen, Bewässern, Jäten
und beim Warten auf die Ernte.
Ein Heiligenschein hat ihre Tränen beschützt.

Das Feld hat sich mit den Jahren verändert:
Steine aus den Eingeweiden der Erde
sind an die Oberfläche aufgestiegen,
haben sich im Pflug verfangen und ihn umgeworfen,
Bäume sind umgestürzt und werden jetzt zu Erde,
eine Fuchsfamilie hat in dem Feld gelebt
und ist dort gestorben.
Einmal stand das Feld drei Monate lang unter Wasser.

Der Mann und die Frau haben versucht zu verstehen,
wie dies alles mit der Liebe verbunden ist,
sind aber nicht überzeugt, dass es so ist.
Ihr Zweifel ist wie die Distel,
an der sie jeden Tag vorbeigehen.
Sie lassen sich nicht von ihr stechen
und sehen nur ihre lila Blüte.

Manchmal sagt er in Worten oder Taten zu ihr:
„Gehst du mit mir über das Feld,
damit wir sehen, ob wir ein Ende finden können?"

Und sie antwortet ihm,
indem sie seinen Arm nimmt
und ihre Seele in seine schüttet,
als würde sie ihren Kopf
in seine Achselhöhle legen.

Sie haben dieses Feld gewählt,
so wie das Feld sie gewählt hat.
Sie werden es weder verschenken noch verkaufen,
und jedes Jahr wird es ihnen eine Ernte bringen,
von der sie leben können.

Verbunden durch das Trennende

We´re standing at opposite poles
Equal partners in a mystery.
(Wir stehen an entgegengesetzten Polen
Ebenbürtige Partner im Geheimnis.)
– Indigo Girls

Nicht nur die Nähe macht uns lebendig,
auch die Ferne, diese Endlosigkeit zwischen uns,
dieses Feld des Sterbens und der Möglichkeiten,
auf dem wir uns
– in der Kleidung des Kampfes
und der Leidenschaft –, tummeln,
als könnte die Zukunft uns nichts anhaben.

Ich hebe mich nicht zu dir hin,
ich verschmelze und versinke nicht in dir,
ich warte auf das Feuerwerk zwischen uns,
mit dem wir einander leuchten
von entgegengesetzten Enden dieser endlosen Erde.
Auch durch das Trennende
bleiben wir gesund.

Rede die Wege nicht zu

Rede die Wege nicht zu.
Schweige die Wege nicht zu.
Werde der Weg,
öffne dich,
und verleihe dir
die Medaille der Geduld.
Du hast schon lange ausgehalten.

Unsere Hände aufeinander

Lass uns einfach nur sein,
das Schwere kommt von selbst.
Ich bewege dein Herz,
du springst in meine Gedanken.
Ich verstelle mich nicht,
und du fliehst nicht vor mir.
Wir warten und hoffen,
gemeinsam.

Ich lege meine Hand auf deine,
dann du deine zweite auf meine
und ich meine zweite auf deine zweite –
dann ziehst du deine untere Hand hervor
und klatschst sie oben auf,
und schon geht die wilde Jagd los.
Erinnerst du dich, wie wir das als Kinder taten
und noch Hoffnung hatten,
und fast alle Wege offen waren?

Viele Türen haben sich lautlos geschlossen.
Wir haben gewählt. Es hat uns gewählt.
Das Unkraut, die Bäume, die Heilkräuter,
die Stille, die Enttäuschungen, die Bekenntnisse,
die sich wandelnden Wahrheiten –
wir sind durch sie hindurchgewachsen,
und an uns hängt jetzt die Schwere der Erfahrung.

Unsere flinken Hände aufeinander
sind unsere gesammelte Kraft gegen das Sterben.

Den Atem teilen

Wir waren heute im Wald,
der durch und durch grün ist
von den leuchtenden Moosen des Winters.
Die Luft trug noch Kälte in sich,
aber die Sonne war schon sommerlich warm.
Von der Höhe des Berges aus
konnten wir über die Inselwelt
unserer neuen Heimat sehen –
die Inseln Keats und Bowen, die Pasleys,
und weit dahinter Vancouver Island,
tiefschwarz vor dem Silber der Sonne
auf dem stillen Meer.

Ich konnte so tief durchatmen,
dass ich von dem Atem abgeben konnte
und selbst noch genug behielt.
So müssten sich auch der Friede teilen lassen,
das Brot, die Aufmerksamkeit
und die Hoffnung, die abgrundtiefe.

Ich lade dich ein

Ich lade dich ein
in meine Wirklichkeit.
Hier stehe ich auf,
in diesem Becken wasche ich mich,
– auch meine blinden Flecken.
Hier zelebriere ich das Essen,
von dem ich manchmal zu leben meine,
und in diesem Stuhl meditiere ich.
Hier mache ich mir ein Bild von Gott
und stecke ein Bild von dir in denselben Rahmen.
In dem Zimmer,
vor dem mein Herz hängt
wie ein schweres Schloss,
bewahre ich meine Kostbarkeiten auf.

Nichts davon
wird dir je so wirklich sein,
wie es mir ist,
und alles, was du bist,
sehe ich durch den Schleier meines Wesens.
Darin ähnelt deine Wirklichkeit meiner.
Wenn wir beide wissen,
dass wir nichts endgültig und klar sehen,
dann können wir beide
in unserer Blindheit sehen.

Ich schütze mich vor dir

Mit den tiefsten Tönen,
zu denen eine Bassgeige fähig ist,
verschließe ich dir den Zugang zu mir.
Hinter den dunklen Wäldern dieser Töne,
hinter ihrem geheimnisvollen Raunen,
hinter ihrem Meeresgewicht und Bergesatem
bin ich sicher vor deiner Unstille.

Du wirst ein Cello mitbringen müssen,
um mich wieder aufzuschließen,
aber du musst es lockend spielen,
sonst bleibe ich in meinem goldenen Berg
voller Stille,
aus der die Dinge geboren werden,
die du nicht kennst.

Atme mich aus

Ich benenne dich
mit immer fremderen Namen,
ich erkenne dich immer weniger,
während ich dir entwachse
und du versuchst, eine Heimat zu finden
in dem Menschen, der ich einmal war.

Hebe mich hoch,
atme mich aus,
schenke mir die Freiheit,
in der du mich findest
und mir keinen Namen mehr gibst.

Welt, die mich umgibt

Welt, die mich umgibt

Miteinander verbunden

Die winzigen Vogelknochen unter der Douglastanne,
auf der der Adler seine Mahlzeiten einnimmt,
die verwachsene Strandkiefer,
die einen Teil von sich sterben lässt,
damit der Rest leben kann,
die Flechten in ihrer frostigen Farbe,
die wie das Auge eines Bullen aussehen
und hier auch so genannt werden,
der undurchdringliche Granit,
von der Zeit glatt poliert,
die Gletscherlilie, Erythronium montanum,
der es in ihrer Zartheit schwer fällt, still zu stehen,
der Seehund, der in seine Barthaare lächelt,
der Hering, der seine eigene Meinung verloren hat
und nur im Schwarm schwimmt,
bevor er im Maul des Lachses verschwindet,
der sich schälende und sich erneuernde Arbutus,
sie alle tragen in sich die DNA meiner Seele,
verwoben, über Kreuz gemustert,
eine Doppelhelix, um die Sonne meines Geistes gelegt.
Ohne sie wäre ich weniger,
ich würde meine Füße, meinen Geschmack,
meine Haut, meinen Himmel verlieren.
Ich würde aufhören zu sein.

Herrlicher Morgen

Und wieder nimmt mich der Weißkopfadler mit.
Von Möwen und Krähen verjagt,
stößt er sich mit seinen großen gelben Füßen ab,
von dem toten Ast auf der alten Douglastanne.
Ohne die Flügel zu bewegen,
segelt er gegen den Aufwind
und gewinnt mehr und mehr Höhe,
während ich meinen Körper verlasse
und über dem Meer schwebe,
so alt und doch gerade erst geboren,
gebadet in ein gleißendes Licht aus dem Osten,
und Gott, als Sonne verkleidet,
umströmt meine Flügel
und gibt mir Auftrieb in den Himmel.

Jeder Tag der Woche

für Kathrin Herrmann

Jeder Tag der Woche
hat sein eigenes Wunder.
Montag verstecke ich mich
und entdecke Gott in meinem Versteck.
Dienstag lasse ich die Vergangenheit auferstehen
und entdecke, dass es meine Zukunft ist.
Mittwoch bleibt leer
und erfüllt mich dadurch ganz.
Donnerstag finde ich einen Laib Brot,
der die ganze Bedeutung des Lebens
in sich trägt, und die Bäckerei,
in der ich ihn fand, bleibt ewig geöffnet.
Freitag hört es auf zu regnen,
der Himmel hat ein Loch,
durch das ein Segen fällt,
als Gedanke verkleidet.
Samstag schließe ich ein Buch
und öffne ein anderes,
und plötzlich bin ich zehn Zentimeter gewachsen,
und du verstehst, was ich sage.
Sonntag fällt das scharfe sanfte Licht der Sterne
auf die Erde wie ein Gebet,
und ich spüre das Bett,
in dem alles liegt, was ich kenne.

Wenn meine Haut mir passt

Die Klarheit dieses Tages
buchstabiert meinen Namen.
Diese vierundzwanzig Stunden sind gekommen,
um mich nach Hause zu geleiten.
Während das Licht und die Wärme der Sonne
alle Räume der fassbaren Welt füllen,
wird mir behaglich in meiner Haut –
in der Sonne passt sie mir vollkommen.

Ich brauche nicht weiter zu suchen,
weder nach Gott noch nach Sinn.
Das Leben schenkt mir heute leuchtende Stunden
mit weichen, anschmiegsamen Kanten.
Das allein ist genug.

Auf Shoal Lookout, Gibsons

Hier will ich nicht weg.
Es gibt immer neue Gründe zu bleiben.
Ich will die Flut auf dem höchsten Stand sehen.
Heute müsste der Adler sich wieder
in den alten Baum setzen.
Der Geruch des im Sommer verbrannten Grases
ist eine Erfüllung der Sinne.
Zwischen dem Granit die wilden Erdbeeren.
Mein Auge lehrt meine Seele lieben.
Da, ein Seehund,
der mich beobachtet wie ich ihn.
Das Bild ist vollkommen.
Hier will ich wohnen.

Heil werden

Wir saßen unter der großen Tanne,
als der Weißkopfadler auf ihr landete
und begann, den Fisch zu zerreißen
und zu verspeisen.
Er hatte ihn in der Meeresenge gefangen,
die uns von der Insel trennt,
die den Namen eines romantischen Dichters trägt.
Mit unserem Feldstecher waren wir Auge in Auge
mit dieser stolzen Heftigkeit,
dieser absoluten Konzentration auf das Überleben.
Noch gefangen in unserer Welt,
waren wir doch schon an der Grenze zu einer anderen.
Gewärmt von der Sonne auf unseren Schultern,
geborgen in den sanften Worten,
die zwischen uns hin und her gingen,
erfasst von der Luft, die über uns strich
wie eine lose, durchsichtige Gardine,
versuchten wir, ganz heil zu werden,
und brauchten auf geheimnisvolle Weise
den Tod und das Leben über uns,
um das zu erreichen.

Meine Hände in den Früchten

Ich schneide verschiedene Melonen
in eine Keramikschüssel,
die du auf der Scheibe getöpfert hast.
Dazu zwei Äpfel, zwei Orangen, eine Grapefruit
und einige Hände voll blauer Blaubeeren,
– eine jede ein kleiner blauer Planet.
Mein Messer ist scharf
und beschreibt einen vollen Kreis
um die Kerne von zwanzig, dreißig Kirschen –
die fast schwarzen Bings zerfallen in Hälften,
ihr tiefroter Saft lässt die hellen Apfelstücke bluten.
Weil die schwarzen Johannisbeeren
schon vor zwei Wochen reif waren,
füge ich sie in der getrockneten Form bei –
eine Handvoll Korinthen –
ohne sie würde etwas in dem Muster fehlen.
Darüber drücke ich eine Zitrone aus,
einfach mit der Hand, nicht auf einer Presse,
auch wenn ich so nicht allen Saft ausdrücken kann –
aber meine Handbewegung
über der Buntheit der Früchte
ist verwandt mit der Handbewegung Gottes
über dem Wasser.
Heute wohnt Gott in der Küche.

Die Tür

für Marianne Stöcker

Wenn ich am Meer sitze,
werde ich einfacher.
Meine Bewegungen werden kleiner,
und die Gedanken verlieren ihre schwere Fracht.
Mein Wesen kehrt sich der Stille zu.
Die Sätze, die ich in mir beginne,
können allesamt nicht fertig gestellt werden –
sie spiegeln meine unfertige Welt.

Der Granit, auf dem ich sitze,
trägt mich und hebt mich empor.
Ich staune, wie nah es bis zu mir ist
und wie leicht ich mich finden kann.
Es ist Zeit,
ungewöhnlich tief durchzuatmen.
Die ganze Welt beginnt zu sprechen,
mit einer Stimme, die ich verstehen kann.
Ich werde Antwort.
Einen Moment lang rollt der Nebel beiseite
und in mir öffnen sich lautlos Türen
nach überüberallhin.

Das Wunder

Es könnte geschehen
in dem Raum zwischen zwei Worten,
oder wenn ein Stein öfter als sieben Mal
auf einem glatten See springt
und dann nur ungern sinkt,
oder wenn du mich ansiehst und nichts willst
als mich nur anzusehen,
und sich diese vier Teiche des Vergnügens
und des Schmerzes in deinem und meinem Gesicht
beschenken mit wertlosen Reichtümern,
wie Kinder es tun.

Dann kann es passieren,
dass die Welt aus mir herausflutet,
als wäre ein Damm gebrochen,
und dass das trockene Tal in mir
jetzt das Wasser zu der Hochzeit einlädt,
nach der es sich gesehnt hat.
Dann schwebt Gott wieder über dem Wasser
wie die weißen Schwingen eines Albatros,
und nichts, wirklich nichts,
ist weniger als Geist.

Verschluckt

Ich habe es schon viele Jahre gehört:
Der nasse, salzlippige Wind holt aus,
läuft einen alten Baum hinauf,
rauscht in einem großen Bogen durch die Äste
auf seinem Weg vom Meer.
Er pfeift über das Moos auf dem verwitterten Granit,
wird plötzlich still wie ein Kind,
das bei einer verbotenen Tat überrascht wurde,
schwillt dann langsam wieder an,
während er sanft ist mit den Tannennadeln,
den Zapfen, der Borke,
der gesamten Lebenskraft dieser grünen Energie.

Eingeschlossen in diesen Ton
habe ich das Stöhnen der Büffel gehört,
als ihre Zahlen immer mehr abnahmen,
das Fallen der nördlichen Regenwälder,
die letzten Geräusche aussterbender Tiere,
das Seufzen und Sterben der Ozeane,
das Ersticken des verseuchten Bodens unter den Feldern,
die golden in der Sonne liegen.
Wir sind nicht anwesend bei dem Tod, den wir auslösen.
Wir erlauben der Welt nicht, durch uns hindurchzugehen,
die feinen Haare unserer Seele zu berühren –
so haben wir uns verbarrikadiert
in unserer Isolierung.
So leben wir, so sterben wir – an uns selbst.

Tage der Stille

Es gibt Tage von einer solchen Stille,
an denen meine Stimme
eine Zumutung für den nachdenklichen Planeten ist.
Einen Moment lang hat nichts Stimmbänder.
Die Schnecke, die offenen Boden überquert,
braucht keine Erklärung der Welt.
Mit den Spitzen ihrer weißen Flügel
verlängert die Möwe das Blau des Himmels
bis hinein in die Stille der leeren Räume dahinter.
Der dämmrige Wald hört meine Fragen –
in der Dunkelheit liegt ein unaussprechlicher Trost.

Ich werde nicht in diese Stille gezwungen,
ich wähle sie, wie man ein Land wählt,
in dem man seine Ferien verbringen möchte.
In dieser Stille begebe ich mich in den Raum,
aus dem die Wahrheit wie ein Fluss fließt,
ohne Worte.
Ich erlaube es, durchsetzt zu werden
von der Energie der natürlichen Dinge:
von einer Felswand mit ihrem steinernen Lächeln,
von der Erhabenheit des Meeres,
die mich zu einem Wanderer des Geistes macht,
oder von der weiten Ebene trockenen Präriegrases,
wo mir Hufe wachsen,
um mit den Büffeln umherzustreifen
in den goldenen Gräsern der Weite.
Es ist in der Stille,
dass ich mich der Größe der Welt nähere.

Eine Gegenwart

Während ich am Strand
auf einem Stück Treibholz sitze,
entweder in der nassen Umarmung des Nebels
oder wie heute auf der warmen Handfläche der Sonne,
wird mir bewusst, dass etwas fehlt.
Ich habe meinen Verstand durchsucht,
es aber dort nicht gefunden.

Die sich brechenden Wellen machen es hörbar,
es ist die Sinfonie Nummer 0,
von der Hand eines stillen
und manchmal donnernden Komponisten.
Das dünne Band hellen Himmels am Horizont
macht es sichtbar,
es ist einer in einer Serie von Siebdrucken,
ohne Nummer und unsigniert.
Es ist nicht aufgeschrieben,
weil sein Wesen jenseits von Worten liegt,
es ist der Roman, der dem ersten Wort
aller Romane vorausgeht.

Ist es die seltsame Form in mir,
die alle Formen ist, die flache Vertiefung,
die darauf wartet, gefüllt zu werden
mit dem von mir, was Geist ist,
von der Gegenwart, die mich ganz durchsetzt
und von der ich immer wieder erwarte,
dass sie aus einem Material besteht,
aus dem sie nie bestehen könnte?

Ich folge dem Bogen der Möwe –
die Flugbahnen ihres ganzen Lebens
konzentrieren sich auf einen Punkt,
der nicht errechenbar ist.
Ich beobachte, wie eine sich brechende Welle
den Sand befeuchtet und dann rückwärts läuft –
ihr Lecken geschieht
nach einem unendlich detaillierten Plan.
Ich sehe den Meisterwind
die Nadeln einer Strandkiefer schütteln –
er löst die zahllosen Gleichungen,
die den Fluss von warmer und kalter Luft
um diesen Planeten bestimmen.
Ich folge den Strähnen und den Schwüngen
meiner mäandernden Gedanken
und weiß, dass diese Gegenwart in allem ist.

Ich werde oft an diese Stelle kommen,
um mich dieser Kraft auszusetzen.
Ich werde lernen, sie nicht festzuhalten,
sondern sie tanzen zu lassen wie ein Kind der Freiheit.
Ich werde immer weniger nach ihr suchen
und immer mehr lernen, sie zu sein.

Schlüssel zu mir

Die Kiefer auf ihrem Stück Steilküste
schließt einen Teil meiner Seele auf,
so wie der Rabe, der in seinem schwarzblauen Glanz
von Mythen und Legenden spricht,
und wie der Waschbär, der unsere Phantasie stiehlt.
Die hereinrauschende Flut
mit der Treue ihrer Wiederkehr
schließt eine andere Seite von mir auf.
Der Kiesel, der die Farbe
meiner tiefsten Entschiedenheit trägt,
schließt auf, was ich nicht einmal wusste,
aber mir seit meiner Geburt sagen wollte.
Sie alle sind Schlüssel
zu den vielen Kammern in mir.
Sanft öffnen sich die Türen, ziehen mal die rechte
und mal die linke Gehirnhälfte vor.

Und jedes in geheimnisvoller Bewegung
entführt einen Teil meiner entschlüsselten Seele:
Dort weht sie, in der Krone der Kiefer.
Der Rabe trägt sie in seinem Schnabel davon.
Der Waschbär versteckt sie hinter seiner Maske.
Wellen tragen ihre runde Form aufs Meer hinaus
wie eine wunderbare Muschel,
aus der Tage voller Licht geboren werden.
Und der Kiesel schickt seine blaue Weichheit
in meine Hand, in der meine Seele sich versteckte.

Ich werde ins Leben gehoben
und genährt von dem, was ich liebe.

Silber auf dem Wasser

Als ich diese innere Zelle verließ,
diese dunkle Höhle, die die Seele umgibt,
diese Verlassenheit
zwischen der dritten und der fünften Rippe
und aufsah,
blendete mich das Licht auf dem Wasser.
Es war in nur acht Minuten von der Sonne gekommen
und breitete nun sein Silber aus,
erhöhte jeden Wellenkamm,
ließ jeden Seehundkopf glänzen
und den schneeig-weißen Körper jeder Möwe leuchten,
lief auf den Strand zu, den Felsen empor,
in meine Augen und über meinen erstarrten Körper,
wie ein flüssiger Gott,
gebadet im Glanz eines Sprinters.
Und ich fiel zurück,
voller Erschrecken und Weisheit,
fiel und stand auf, fiel und flog,
fiel aufwärts, Hals über Kopf,
fiel purzelnd nach innen in das Licht,
das ich in mir nicht erwartet hatte.

Erlösung durch Licht

Was wir als Landschaft erkennen –
die betenden Bäume,
die seufzenden Wolken,
der Fluss mit seinen Mäandern,
die farbigen Figuren der Tiere –,
das ist ein Kunstück des Lichts,
eine Verkleidung des Geheimnisses,
ein Wink aus einer anderen Welt.

Irgendwann weinen die Wolken sich aus,
der Fluss mündet ins Meer,
die Tiere werden zu Engeln,
die Bäume werden erhört,
und am Ende seiner langen Wanderung
lüftet das Licht das Geheimnis
in den Blättern und Nadeln.

Bis dahin tut es gut,
an Landschaften zu glauben
wie an den Gott, der durch sie geht.
Als eine Erlösung zum Moment.

Der aufrechte Gang

Der aufrechte Gang

Die Hemlocktanne neben unserem Haus

Eine Hemlocktanne
wächst mit ihren ausladenden Ästen
von Jahr zu Jahr näher an unser Haus heran.
Gestern beim Sturm
peitschte sie die Bretter der Südwand.
Sie ist jünger als ich,
aber sie wird älter werden,
wenn niemand sie absägt.

Ich habe sie nie gedemütigt,
ich habe sie geliebt, ihre kleinen Nadeln,
ihre gebogene Spitze, ihr Rauschen.
Sollte unser Haus einmal brennen,
kann ich von meinem Arbeitszimmer
auf sie hinüberspringen und an ihr
die acht Meter zur Erde hinunterklettern.

Sie erwidert meine Zuneigung, hält mich hoch,
lässt Energie meine Wirbelsäule hinauffließen.
Auf unerklärliche Weise weiß ich,
dass ich von ihr den aufrechten Gang gelernt habe.

Gültig

Es beginnt irgendwo,
du hast es nicht bemerkt,
und plötzlich befindest du dich mittendrin.
Vielleicht ist es dir zu eng,
du hast Angst und willst aussteigen.
Aber es geht nicht.
Um dich siehst du andere,
ebenso fremd in ihrem unverwechselbaren Leben.

Was hindert dich, zu sagen,
dass du es so willst,
wie es ist,
genau wie es ist?
Und dann zu begreifen,
mit Händen und Sinnen,
dass alles, was du tust,
gültig ist.
Jetzt.

Zu sein, die wir sind

Ganz alltäglich legt sich der Wind
auf uns, die wir still am Meer wagen,
uns zu zeigen.
Wir machen es uns heimisch
in den Worten,
die wir sagen oder verschweigen.
Insgeheim sind wir die,
die wir wirklich sind,
auch wenn wir immer eine Spur
größer von uns reden oder schweigen.

Wir beobachten die Wellen,
die sich brechen,
weil ihre Zeit gekommen ist,
und weil unter ihnen die Felsen
gegen sie laufen.

Wenn wir es wagen würden,
weniger von uns selbst zu erwarten,
könnten wir leichter die sein,
die wir sind,
und wären es nicht mehr heimlich.

Leichtfüßig

Manchmal ist, was ich sage,
eine so alte Form meiner selbst,
dass ich mich wie Geschwätz erlebe.
Die Worte sind abgegriffen,
unkenntliche Münzen,
mit denen man nicht mehr bezahlen kann.
Oft bin ich erst wahr,
wenn ich wieder schweige.
Ich hinke mir hinterher,
hinter dem, der leichtfüßig
schon auf und davon ist.

Ich wohne am Stillen Ozean
und hoffe auf seine Wirkung.

Die Meere des Mondes

Wenn ich manchmal Angst habe,
dass Dunkelheit mich überfluten wird,
wenn die Schattierungen der Verzweiflung
so sanft sind, dass sie nicht benannt
und nicht ausgesprochen werden können,
wenn es dem Morgen an Entschiedenheit fehlt
und der Blick aus dem Fenster
ein Blick in meine eigene Leere ist,
dann
erinnere ich mich daran,
dass die Welt immer noch herrlich wild ist,
dass auf ihr noch Platz ist für mich:
unter dem starken Frieden einer Zeder
in der Kathedrale des Regenwaldes,
in dem meine Unruhe zu einem Farn wird,
der sich sanft im Wind bewegt.
In der Haut eines Kojoten, der mich prüfend ansieht,
oder auf den Wellen der trockenen Meere des Mondes,
Mare Imbrium, Mare Serenitatis, Mare Tranquillitatis,
in denen meine Phantasien mit Geheimnis erfüllt treiben
wie flaschengrüne Flaschen auf dem Meer.
Oder in einem verlassenen Haida-Dorf,
in dem der Geist der Vergangenheit
den Geist der Zukunft trifft, in mir,
und sie miteinander sprechen und Götter austauschen,
die außerhalb der Zeit leben.

Die Dunkelheit wird erleuchtet,
und Sinn lässt sich finden
in der Suche nach Sinn.

Eine geheime Liebe

Meine ersten Schritte am Morgen
führen mich ans Fenster,
um das Meer zu sehen –
diese große Lunge, durch die mein Wesen atmet –
und um das Wetter einzuschätzen.
Es scheint mir wichtig zu sein,
wie das Licht im Laufe des Tages verteilt sein wird.
Am Horizont heben sich Wolken
und Silber steigt aus der Tiefe des Meeres auf.
Eigentlich fällt es vom Himmel, millionenfach gefiltert
durch die äußeren Häute unseres Planeten.
Wächst das Silber langsam,
oder werden die dunklen Wolken,
die sich vom Land hinausschieben, es verschlucken?

Die See, das Silber, das Schwarz,
die Bewegung der Lichtlinien,
sie alle beherbergen ein oder zwei Gedichte,
und ich werde ihnen nachgehen,
wie ich es seit vierzig Jahren tue,
wie einer, der ein wenig besessen ist
und im Geheimen verliebt
in die Bedeutung, die Worte verleihen.

Dein Weg

Du bohrst dich in die Dinge,
wie sie sind, wie sie sein könnten.
Du verlierst die Geduld mit dir selbst
– das kommt oft vor –
und schimpfst dich aus für das,
was du nicht verstehst an dir.
Du zweifelst und beginnst zu sinken.
Du bedrohst das Gewebe,
aus dem du gewebt bist.
Du versuchst, deine Hoffnungslosigkeit
mit der Offenheit für die Welt
ins Gleichgewicht zu bringen,
die Dunkelheit mit dem Licht,
dein Gewissen mit deinen Pflichten.
Und wie ein Bildhauer
befreist du dich langsam aus dem Stein,
der dich gefangen hielt.
Du bist frei
und hast Angst.

Eine Art Erlösung

Es ist eine Art Erlösung,
zu sehen, wie die schweren Wolken
sich im Südosten auflösen,
zu spüren, wie die Seele
durch einen unsichtbaren Misserfolg
sanft vorwärts geschoben wird,
einen Schwarm Schwäne
nur knapp über dem Wasser fliegen zu sehen,
einen Anruf durch die summenden Drähte zu bekommen,
ausruhen zu können in den Dingen,
die vor Jahrzehnten beendet wurden,
zu sehen, wie die Gezeiten die Zeit einteilen,
zu vergeben und sich vergeben zu lassen,
ohne auf Schuld zu pochen.

Es tritt eine Verschiebung ein
von der Leugnung zur Bejahung.
Was gärte, ist jetzt fertig.
Der Geist murmelt
und erlaubt Widersprüchen, zu bestehen.
Worte, die einmal auf der Zunge brannten,
sind jetzt eine Salbe auf dem ganzen Körper.
So spüren wir das Kribbeln des Lebens,
immer einen Schritt dem Tod voraus.

Wir sind dazu erlöst,
ein unauswechselbares Teil der Welt zu sein.
Am Fuß, an der Hüfte und am Kopf
verbunden zu sein mit dem Schicksal,
das wir unser einmaliges Leben nennen.

Jemanden retten

Es gibt da diese Neigung in mir,
jemanden zu retten.
Sie hat sich in mir gerührt,
seitdem ich Kind war.
Sie treibt mich nicht um.
Sie ist nicht wichtiger
als meine Suche nach der einen Formel,
in der sich alle anderen auflösen,
aber sie verlässt mich nie ganz.
Ich trage in mir ein Leuchtfeuer,
einen kleinen Leuchtturm,
um den Gott herumläuft,
um die 360 Grad abzudecken,
ohne dabei außer Atem zu geraten.
Aber woher kommt dieser Gott,
und ist ihm zu trauen
in dieser verrückten Hetze?

Beachte mich nicht,
rette dich selbst.

Dieses sanfte Drücken in den Schulterblättern

An Tagen,
an denen ich meine Flügel spüre –
dieses sanfte Drücken in den Schulterblättern –,
breite ich sie erst probeweise aus,
und wenn ich mich an den Himmel in mir
erinnern kann, hebe ich ab
und durchbreche die dunklen Wolken,
die, wie ein schwarzes Meer,
mich nicht leben lassen wollen.

Wenn ich mich dann umdrehe,
sehe ich mich winzig liegen
zwischen wüsten Fragen,
während vor mir
alles in Licht
gebadet ist
und mich
liebt.

Bis die Tür sich öffnet

Meine Gedanken huschen auf Wegen,
die kurvig und verzweigt sind.
Ich dränge mich zur Wanderschaft,
ermutige mich, aufzubrechen,
still auf das einzige Ziel zuzugehen,
das sich zu erreichen lohnt.
Ich werde leichter und leichter,
ich höre Gewichte abfallen,
ich warte mich hinein in die Luft,
die leicht wie ein Reigen ist.
Ich spüre die Erschütterung,
die jeden Gedanken
an einen neuen Ort in mir schüttelt.

Die Welt hört nicht auf, sich zu verwandeln,
in einem Kunststück nach dem anderen,
und schon spüre ich,
wie die Not und das Glück mich weiterreichen
von der Verwilderung zur Erleuchtung,
vom Schrecken zur Erkenntnis,
bis ich mich so weit erkannt habe,
dass die Tür sich öffnen kann
für meine so leichte, leuchtende,
fliegende Asche.

Anmerkungen

18 *Auch in uns bebt die Erde* Im Meer vor der Küste von British Columbia gibt es geologische Strukturen, die in der nächsten Zeit ein Erdbeben von 9 auf der Richter-Skala erwarten lassen. Hierbei handelt es sich um eine andere Verwerfung als die bekannte von Kalifornien, den San Andreas-Graben.

29 *Wenn meine Kindheit mich durchzieht* Als Kind und Jugendlicher war ich von der Leichtathletik begeistert. Emil Zatopek war in den frühen fünfziger Jahren der beste Langstreckenläufer der Welt, Herbert Schade war deutscher Langstreckenmeister.

30 *Zum Erschießen aufgestellt* Dies ist so im Frühjahr 1945 passiert. Ich bin vor kurzer Zeit noch einmal von einer ganz anderen Seite auf dieses Ereignis gestoßen. Bei der Behandlung bei einem Chiropraktiker für meinen fast immer steifen Rücken tippte dieser auf ein traumatisches Erlebnis in der frühen Kindheit. Als ich von diesem Erlebnis und anderen aus dieser Zeit erzählte, meinte er, dass meine Steifheit eine Art Reflex auf die Bedrohung gewesen sein und bis heute angehalten haben mag.

32 *Wie nahe* Ich musste diese Arbeit im Sommer 1958 aufgeben, als ein anderer Stein direkt aus dem Feuer kam und meinen Fuß traf und die Verletzung es mir unmöglich machte, weiterzuarbeiten.

34 *Zweiter Tag im neuen Haus* Wir sind im April 1998 in unser neues Haus am Meer eingezogen.

36 *Meine Stadt* Von 1961 – als ich zum Studium nach Vancouver kam – bis 1997 habe ich mit kleinen Unterbrechungen im Raum Vancouver, British Columbia, gewohnt. Kafkas Erzählung „Das Urteil" endet mit dem Satz: „In diesem Augenblick ging über die Brücke ein geradezu unendlicher Verkehr." Immer wenn ich über die große Hängebrücke von Vancouver fahre, denke ich an diesen Satz. „Hier wachsen mir Kiemen im Herbst" bezieht sich auf den vielen Regen, den es manchmal in den Wintermonaten in Vancouver geben kann. Der „Frühkirschenfrühling" bezieht sich auf den frühen Frühling, den die Stadt manchmal erlebt – es gibt häufig schon im Januar blühende Zierkirschen.

49 *Den Atem teilen* An dem Küstenstreifen, an dem wir jetzt wohnen, gibt es eine Wanderung auf einen Berg, von dem aus man die Inselwelt überblicken kann. Im Winter ist der Wald hier besonders grün, weil es ein Regenwald mit vielen Moosen ist.

53 *Welt, die mich umgibt* Die Gedichte dieser Abteilung sind alle eine Feier der Welt, in der ich lebe. Immer wieder bewegen mich die Bäume, Pflanzen und Tiere dieser Landschaft, und ich fühle mich ihnen sehr nah. Zehn Meter vor unserem Wohnzimmer sitzt oft ein Adler auf einer Douglastanne, deren Spitze gerade auf der Höhe unserer Fenster liegt. Die Seehunde hören wir manchmal Tag und Nacht, besonders wenn die Lachse ziehen und sie Jagd auf

sie machen. Einmal haben wir auch schon eine Gruppe Orcas, Killerwale, durch die Meeresenge vor unserem Haus ziehen sehen.

55 *Miteinander verbunden* Die Flechte heißt „bull´s-eye lichen"oder „Placopsis gelida". Der Arbutus, Arbutus menziesii, ist ein sich ständig schälender Baum mit einer rotbraunen und avocado-grünen Borke, der an der Westküste Nordamerikas wächst und der Küste eine besondere Note gibt.

59 *Auf Shoal Lookout, Gibsons* Shoal heißt zu deutsch „Untiefe". Das Wasser zwischen der Küste und der Insel Keats ist sehr flach. Dieses Gedicht habe ich geschrieben, als wir hofften, einmal an dieser Straße wohnen zu können. Schon als ich das erste Mal, am 25. August 1994, auf dieses Stück Land trat, entstand eine tiefe Beziehung zwischen mir und den Felsen und Bäumen dort und dem Meer dahinter. Oft danach, wenn wir diese Spitze, die ins Meer ragt, besuchten, wollte ich den Grund nicht verlassen und wartete bis zur letzten Minute, um die Fähre noch zur Zeit zu erreichen. Inzwischen haben wir dort gebaut und wohnen seit April 1998 auf Shoal Lookout.

60 *Heil werden* Die Insel, auf die wir von unserem Haus aus sehen, heißt „Keats".

61 *Meine Hände und die Früchte* Bings sind Kirschen, eine der beliebtesten Sorten in Kanada.

64 *Verschluckt* Als die Weißen auf den nordamerikanischen Kontinent kamen, gab es hier etwa 60 Millionen

Büffel. 1889 wurden nur noch 541 gezählt.

71 *Der aufrechte Gang* Schon lange beschäftigt mich unsere Fähigkeit und unsere Angst, aufrecht zu gehen. Wie können wir lernen, zu uns zu stehen, ohne dabei andere zu entmündigen oder zu bestimmen?

73 *Die Hemlocktanne neben unserem Haus* Dieses Gedicht stammt aus der Zeit, als wir noch in Burnaby im Raum Vancouver wohnten. Diese Hemlocktanne und der Ahornbaum, um den das Haus zum Teil herumgebaut war, waren die wichtigen Bäume, die ich das ganze Jahr über beobachtet habe. In unserem neuen Domizil am Meer ist es eine Douglastanne, die mich viel beschäftigt und die auch schon in mehreren Gedichten in diesem Band erscheint. Sie ist etwa fünfundzwanzig Meter hoch, ihre Wurzeln befinden sich nur ein paar Meter über dem höchsten Stand der Flut, ihre Spitze, die vor Jahren in einem Sturm abgebrochen sein muss, ist auf der Höhe unseres Wohn- und Schlafzimmers und weniger als zehn Meter davon entfernt. Mehrere Monate im Jahr sitzt ein Weißkopfadler fast täglich auf ihr, und ich habe ihn schon oft fotografiert. Wenn man die Fähre zu uns nimmt, kann man den Baum schon aus fünf Kilometer Entfernung sehen.

77 *Die Meere des Mondes* Mare Imbrium, Mare Serenitatis und Mare Tranquillitatis sind die drei großen „Meere" auf dem Mond. Es sind die als dunkle Flächen erscheinenden großen Ebenen auf dem Mond. Die Haida sind ein Indianerstamm an der Westküste Kanadas.

Inhalt

Der aufrechte Gang

Ulrich Schaffer wurde 1942 geboren und lebt als freier Schriftsteller und Fotograf in Gibsons, BC, Kanada. Von 1961 bis 1970 studierte er Germanistik und Anglistik an der University of British Columbia und an der Universität Hamburg. Von 1970 bis 1981 war er Dozent für europäische Literatur an einem College bei Vancouver. Er ist Autor zahlreicher Bücher, die ihn bei einem breiten Publikum, besonders in Europa, bekannt gemacht haben.
Zu seinen Tätigkeiten als Schriftsteller und Fotograf hat Ulrich Schaffer in den letzten Jahren mehr und mehr das Gestalten seiner Bücher hinzugenommen. Auch in diesem Band stammen die Grafiken und das Layout vom Autor selbst.
Ulrich Schaffer ist verheiratet und hat zwei erwachsene Töchter.

Weitere Bücher von Ulrich Schaffer

Herzarbeit / Heartwork
Gedichte in zwei Sprachen
96 Seiten, Paperback
Ulrich Schaffer wohnt seit seinem zehnten Lebensjahr in Kanada und schreibt auch in Englisch. In diesem Band legt er Gedichte vor, die entweder in Deutsch oder in Englisch geschrieben und dann jeweils in die andere Sprache übertragen wurden. Thema der Gedichte ist die Notwendigkeit, sich selbst treu zu sein und aus einem Stück zu leben.

Weitere Bücher von Ulrich Schaffer

In der Dichte des Lebens
Ein tägliches Nachdenkbuch
mit Grafiken des Autors
392 Seiten, Hardcover

Dieses Buch ist für Menschen gedacht, die sich regelmäßig einen kleinen Anlass zum Nachdenken wünschen. Einfühlsame meditative Texte laden dazu ein, in der Hektik des Alltags innezuhalten und die Gedanken in sich zum Leben zu erwecken. Das Buch soll dazu anleiten, jeden Tag wenigstens für ein paar Minuten zu Ruhe und Besinnung zu kommen.

Im Schutz des Herzens
Roman
240 Seiten, Hardcover mit Schutzumschlag

Ein Vater schreibt an seine Tochter, als diese von Kanada zum Studium nach Deutschland geht. In den Briefen erklärt er ihr die Familie, aus der sie stammt, um ihr eine innere Heimat in dieser Familie zu schaffen. Der Vater berührt dabei viele Themen und spürt, wie er selbst gefangen ist in seiner eigenen Geschichte. Es ist ein Buch voller spannender Begebenheiten und doch ein sanftes Buch, von einer tiefen Achtung für den Menschen geprägt.

Höre auf dein Leben
Gedichte und Meditationen
96 Seiten, Paperback

Viele Menschen hören nicht auf sich. Die eigene innere Stimme ist ihnen fast unbekannt. Sie glauben nicht, dass wichtig ist, was sie denken, glauben, fühlen. Dieses Buch macht Mut, auf sich selbst zu hören und das Gehörte ernst zu nehmen. Nur so ernst, wie wir uns selbst nehmen, werden uns auch andere nehmen. Die Leserin und der Leser werden eingeladen, gerade auch auf das zu achten, was so leicht untergeht in der täglichen Hast.

Geheimnisvolle Zusammenhänge
Bild-Textband
96 Seiten mit 40 Farbfotos, Hardcover

Wir sind umgeben von Geheimnissen. In einer fast nicht zu begreifenden Tiefe ist alles mit allem verbunden. Davon handelt dieses Buch. Bewusst mit dem Geheimnis zu leben heißt, angeschlossen zu sein an etwas Größeres. Die brillanten Farbfotos des Autors von der Wüste Nordamerikas machen etwas von diesem Geheimnis sichtbar.

Die Deutsche Bibliothek - CIP-Einheitsaufnahme

Schaffer, Ulrich:
Lichtlinien: neue Gedichte / Ulrich Schaffer. - Stuttgart:
Ed. Schaffer im Kreuz-Verl.; 1999
ISBN 3-7831-1693-7

1 2 3 4 5 03 02 01 00 99

Stuttgart, Postfach 80 06 69, 70506 Stuttgart,
Tel.: 0711/78 80 30
Umschlaggestaltung: Ulrich Schaffer
Umschlagfoto: Ulrich Schaffer
Konzeption, Gestaltung und Layout: Ulrich Schaffer,
unter Verwendung des Software-Programms
QuarkXPress
Autorenfoto: Waltraud Schaffer
Schrift: Palatino 10.3/11.5
Druck und Bindung: W. Röck, Weinsberg
ISBN 3 7831 1693 7